KB271609

꿀벌통신학교

빗방울화석시선 8

꿀벌통신학교

초판 1쇄 인쇄 2026년 2월 25일
초판 1쇄 발행 2026년 3월 10일

지은이 이승규
펴낸이 조재형   **펴낸곳** 도서출판 빗방울화석
주소 경기도 파주시 교하읍 문발리 파주출판도시 535-7
등록 300-2006-188호(2004. 12. 13)
전화 010-3757-5927   **이메일** kailas64@daum.net

ISBN 979-11-89522-07-0 (03810)

꿀벌통신학교

이승규 시집

빗방울화석시선 8

시 앞에

아슬아슬 힘겹게 지나는 일이
시의 재산이 될 거라고
아득해지는 깜깜무소식조차
놀라운 전갈로 올 거라고
겹겹이 녹슨 가시철조망에도
아주 하얀 꽃잎이 필 거라고

2026년 2월

목차

1부

사랑이 무엇인 줄 몰라도

사라오름에 가자

눈 녹아 비 내리면
사라오름에 가자

시큰한 발목 잠기는 호숫가 걸으며
몸끝까지 물내음 들이마시러
사라오름에 가자

더 겨울 같았던 여름, 가을, 겨울
저도 모르게 다 지나가게
사라오름 보고 울자

구름 밀고 온 바다
한라산 속 그 눈망울
샛말갛게 씻겨 벅차오를
사라, 사라오름에

봄의 표준

─구 서울기상관측소*에서

한 번도 시를 살지 못하고
미세먼지 번지는 언덕
아파트 사이로 저녁이 오는 걸 본다
더 이상 기상을 관측할 수 없는 건물은
언덕 위의 하얀 박물관이 됐지만
검은 성벽이 능선에 잠겼다 흘러가는 곳

홍난파 집 울 밑 지나 영천시장 시끌대는
끝물 방어회에 참이슬 떠오르기 전
언덕 한쪽에 벚나무가 빈 가지를 뻗고 있다
서울에 뭔가 당도한다는 걸 선포하려고
저녁 뉴스가 끝나는 마당에 알아도 좋고 몰라도
좋을
봄날의 표준을 보여주고 싶어서

성벽 움켜쥔 뿌리로부터 줄기 뻗쳐
무수히 내민 팔과 입술로 허공을 태우고 있다
꽃이 시가 아니고 돈이 아니며 지겨운 관절염일
지라도

꽃이 더 이상 첫사랑이 아니고 처연한 인생, 폭발
하는 사상이 아니지만
땅의 버짐이고 구름의 환장인 꽃들에게
시가 꿈이 아니고 환희가 아니며 끊고 싶은 환생
일 뿐이라도
시가 더 이상 기적이거나 환멸도 아니고
숨 가쁘게 밀려드는 봄빛의 표준이 아닐지라도

* 서울기상관측소는 서울측후소로 1932년 송월동에 자리 잡은 뒤
2020년 국립기상박물관으로 바뀌었다. 박물관 앞에 벚나무 표준목이 있
다. 그 나무의 한 가지에 세 꽃송이가 열리는 때를 기준으로 서울에 벚꽃
핀 날짜가 공표된다.

봄 속에 봄

꽃 피면 만나자 했는데
꽃 져도 소식이 없다

피지 않은 꽃 때문일까

햇빛 없는 모퉁이
뒤늦게 핀 희한한 꽃잎에
눈 떼지 못하던 날들
그리고 일 년이 갔는데

눈앞에 TV에 잠결에
이미 꽃들이 만발
어제 내린 비에
흩어지는 꽃잎 보며
꽃 기다리는 아침

피지 않아야
피어나고
다 잊혀야 기어이

피어나려는 꽃

그 꽃 피면
눈꺼풀 벗어져
무겁게 지고 왔던 걱정과 미움
다 헛된 열심들 떨궈버리고

꽃 속에 꽃
더 떨리는 속잎으로
당신을 기다릴 수 있을까

말도 안 되는 시가

말도 안 되는 시는
말로 이루어져 있지 않다
먼지와 습기, 곰팡이균으로 되어 있다
아무도 읽지 않을뿐더러 접하면
병에 걸리기 쉽다

말도 안 되는 시는
한숨과 눈물, 가느다란 외침으로 되어 있다
조울증세라 해도 좋다
말이 안 되는 말로 되어 있기 때문에
듣거나 만지거나 지울 수 없고
거들떠볼 필요조차 없지만
몹시 아프다

그럼에도 도대체가 말이 안 되는 말이
시가 되려고, 시가 되려고
혀를 찌르고 입술을 비튼다
말하게, 말하게 해달라는 헛소리가
목구멍을 간질이고 맨 가슴팍을

퍽 퍽 후려친다

윤사월 편지

냉천골
폐가

안마당
구름목련

부르지 못한 노래

○

황사 사흘
비 이틀

예보 없이

반 시간 햇빛쯤
몰고 온 사람

○

올해도 뒤늦게 피었습니다

겹벚꽃

그 밑에 서 있는 동안은
별 볼 일 없어 좋은
소년

○

죽은 것은 죽고
남은 것은 살았습니다

미안하지 말까요?

죄악처럼 무성해지는
천지에 풀, 풀

○

막 학교에 적응한 아이
그 아이에 적응하려고

그네 미는 어린 엄마

해마다 더 삐걱거리는
놀이터 한낮

○

별거 없지만
부지런히 헤맸습니다

내내 어리석었는데
내일도 모르겠어요

어지럽게 핀 라일락 밑
가지런히 놓인 폐지들

○

소쩍새 울었습니다

그제는 발이 시리다고
어제는 좀 나아졌다고

비가 내린다는데
들리지 않는 소쩍새 소리로
숲이 텅 비어 있습니다

○

꽃 진 자리에 잎, 잎

늘상 푸르른 전나무 아래
어린 연인

시간이 가는 줄 모르고

마주 보며 환히 웃는 검은 눈

잎 진 자리에
그 꽃 아닌 꽃
사람 지나간 자리에
무엇이 올지 모르고

흔들리는 전나무 가지 아래
마주 보며 쓰다듬는 연인

시간이 가는 줄 몰라도
사랑이 무엇인 줄 몰라도

알라딘의 시간

오랜만에 맑은 날
봄 토요일
약속 없는 오전
큰길을 걷는다
사람이 많아도
성가시지 않은 건
딴 사람도 마찬가질 거야
햇볕 때문에
공기 때문에

창이 큰 헌책방에서
책을 고르다 창밖을
자주 쳐다본다
책을 사도 좋고
안 사도 좋은
천천히 낡아가는 시간
누구에게 연락해 볼까
어디서 차를 마실까
아니요

그냥 좀 걷자요

지난 일주일이
다시 보면 일 년이, 십 년이
초라하고 답답한 시간
지금 이렇게
빈손으로
걸어가는 것에 비하면
빈 손바닥에 햇볕을 쥐고
소원이 생각나지 않아
모르는 사람들 속에 문득
라일락꽃 우러난 바람을
잔잔히 들이마시는
시간에 비하면

나무와 같다

나무와 같다, 라는 걸 알고 깜짝 놀란다, (깜짝 놀
라는 것이 내 특기지만) 내 팔과 다리, 이 먹성과 역
마살이 도대체 나무와 같다는 것이 어불성설이라
항변하면서
　나무와 같다는 걸 알고 깜짝 놀란다

말하자면 말할 필요도 없이 나무와 같다—
　달리고 솟아오르고 기고 헤엄쳐도 나무와 같고
　울고 소리치고 삿대질하고 쌍욕해도 나무와 같으
며
　속이고 시기하고 발광하고 회개해도 나무와 같다

하늘 향해 두 팔 벌린 나무들같이 무럭무럭 자라
나는 나무들같이
　노래해도 나무와 같다
　나무와 같다… 나무와 같다
　절망스럽게도, 혼자 축복받은 것처럼
　아무 의미도 없이, 기쁨에 그득 차서
　나무와… 나무와 같다

나무를 베며, 가지를 토막토막 자르며
뿌리에 물을 주고 거름 주고 잡초까지 뽑아주면
서
나무와 같다, 나무와 같다, 아, 나무와…

나무와 도무지 같을 수 없는데 나무와 같고
나무와 도저히 같고 싶지 않은데 나무와 같다
나무와 같아지자니 눈물이 줄줄 나고
나무와 같이 웃어보자니 가식 같고 변절자 같고
뭐라 나무라고 호통치고 발길질을 하다
헛웃음이 풋, 새어 나오는 나무와 같다
이렇게까진 하지 않으려 했는데 나무와 같고
막다른 데서 팔 벌린 하느님처럼 나무와 같다
그늘 무성한 나무와 같은 하느님처럼
타락을 해서 때가 타서 알거지가 돼서
숯같이 까맣게 타서 억장이 무너져 내려서
땅바닥을 치는 나무와 같이, 나무와 같이
아아, 죽자니 억울한 나무와, 나무와 같이

진실로? 엄연히? 다행히도!
활활, 퍼드득, 빠지지직, 홀라당
엣취, 쓱싹쓱싹, 에랄랄라, 낫호
을, 피식, 꼴까닥… 잉?

스위스 칼

검은 가방 안
지퍼 주머니
치실, 바셀린, 타이레놀 사이
숨어 있는 것

엄지손가락보다 큰 빨간색
묵직한 몸통, 은색 십자가
열한 개의 툴
스위스 칼

루체른 호수
통나무집 문을 열자
반 벗은 채 뒤섞여 있던
백인 아이들

첫 번째는
아버지께 받았다
요긴하고 위험해 보이는 따스한 선물
금세 잃어버렸다

이건 어디서 났지?
기억 안 나지만 진한 향기
외딴섬에 들어가
와인 마개를 딴 적이 있다

깡통 따개는 물론
가위가 달려 있고
핀셋도 뽑아 쓸 수 있어
못하는 게 없는
만능의 칼

모나코 왕궁 앞을 지키고 섰던
키 큰 스위스 용병의 어깨 레이스
시계침 같다는 스위스 사람들도
엄청 친절하던데…

녹아내리는
융프라우 만년설(못 봤다)

다정한 알프스 소녀 하이디
모두 일본 만화(빨강머리 앤도)

어제 검거된 은평구 갈현동 흉기 난동범
가방에 칼이 여섯 개 더 들어 있었다고

책상 밑 가방
지퍼 주머니 속에 잠든
엄지동자

한밤 숲에 버려지더라도
하얀 별들로 방향을 잡아
떨어뜨린 조각들 헤아리면서
알아들을 수 없는 취한 금속음
끝없이 읊조리고 있을

참외

싸우지 말자
따져봤자 아무 일 아닌 거 가지고

싸우지 말자 싸우지 말자
안양중앙시장을 지나치다가
과일 가게 목쉰 남자가

참외를 가지고 외치는 소리
싸우듯이 싸우듯이 악을 쓰는 소리

노랗게 질린
참외 한 알을 가지고

외도 외길

태풍이 지나갔다는 남해

하늘은 맑은데
먼바다는 성이 아직 덜 풀려
배가 뜰 수 없다는 방송

항구에 빽빽하게 기다리는 사람들

출항 방송이 나오고
여객선마다 울리는 고동

요동치는 선실에서
마이크로 관광 안내를 하다
맥소롱을 팔고
갑자기 핸들을 돌려 으랏차
삼각파도를 피하는 선장

물속에 뱃머리가 처박혔다
솟구치고 처박혔다 솟구치고

그 아름답다는 외도에
갈 수 있을까

선장은 이번엔 유행가를 틀고
잡담하며 틈틈이 운전
배를 삼키려는 파도를 바라보자니
아무렇지 않게 웃고 떠드는 사람들을 둘러보자니
오로지 두 눈이 핑핑 도는
외도 가는 길

고양이들

이른 아침, 지하 주차장
차 유리에 찍힌 발자국
고양이들은 다 어디 갔나.

○

나는 고양이를 싫어한다.
나는 고양이를 자꾸 쳐다본다.
유연한 등과 조심스러운 걸음
우아한 꼬리와

○

길고양이에게 먹이를 주는 윗집 여자아이
쪼그리고 앉아서 큰 고양이를 쓰다듬는다.
불만에 찬 고양이 눈빛

○

잠이 안 오는 여름밤
고양이가 운다.
고양이가 나를 미치게 한다.

○

고양이가 나를 기쁘게 한다.
은근히 다가와 종아리에 보드라운 털을 비비고
어둠에서 끌어올린 눈을 마주치며
냐옹, 속삭일 때

○

꽃집 선반에 화분처럼 누워 있는 고양이도 있다.
재빠르게 꽃다발 손질하는 주인을 심드렁히 쳐다
본다.
흰 털이 풍성한 너는 귀족이구나.

○

비밀을 가진 고양이는 매혹적이다.
그럴 땐 눈길 한번 주지 않는다.
자기 궁리에만 빠져 있을까.
고양이는 이도 저도 그만둔다.
고양이를 이길 수 없다.
당연히 가질 수도 없다.

○

괴로운 내 곁을
고양이가 느릿느릿 걸어간다.
할 말이 남아 있다는 듯 응시하다
감쪽같이 질문을 피해 버린다.
고양이가 지나간 자리에
볕이 흔들리고 풀이 자란다.

한여름의 시처럼

너희들 힘들었구나
허공에 실가지에 끝잎까지 입술을 축이는구나
나무 전체가 팔랑이는 혀이고 목젖

열대야 지나 구름 열리면서
아침 녘에 흩뿌리는 차고 단 것

막 크려고 했지
움켜쥔 땅덩이를 수직으로 끌어올려 어디 하늘에
맞닿으려 했지, 없어도 있는 힘껏
손금 뻗으며 푸르르른 불꽃
열불 냈지 발악을 했지

비가 내려온다
지쳐서 누워 있는 숲에
다시 조금 소란해진 대기에
번지는 노래처럼
읽을 수가 없는 계시처럼

내일의 바다

여기 없을 거야
여기서 먼 바닷가 거닐고 있겠지
아무도 만나지 않을 테지만
바삐 가는 사람 다정히 쳐다보고
먹구름 낀 하늘 공연히 바라보겠지
파도 소리 몰려오는 내일은
여기 없는 시간
내일의 시는 다만
검푸른색일까
해초 냄새일까
스산하게 불어오는 바람일까
내일의 시가 있을지 모를
흐린 바닷가
여기서 멀고
시에서 좀 가깝고
내게서 더 멀지만
내일의 누구에겐 아주 가까울지 모를
깊은 바다로부터
일렁이기 시작하는 물결

무어라고 속살거리는 바람
감전될 것 같은
누구의 눈빛
스치고 지나갈지 모를 내일의

<u>브흐으</u>

만리포

불꽃놀이 끝나
잠들지 않을 것 같은 것들도
잠들고

머리맡까지 쓸려 왔다가
쓸려 가는 파도 소리에
뒤척일 때

먼 배의 안개 경보
혼을 주욱 빨아들였다가
놓치는

<u>브흐으응</u>

비둘기낭폭포

사랑이 지나가고 뭐가 남을까
그리움이 지나가고 뭐가 남을까

한탄강
절리 아래 숨은
연초록 담潭

그대가 울면 내가 울고
그대가 꿈꾸면 나도 잠이 들던
여름 지나가려고

먼 평원
돌고 도는 협곡
철렁, 떨어지는 물길

2부

모두 시인이 되려고 했다

누구나 농부의 자손

노부부가 버려둔 밭에
들깨가 자랐다

노인의 병은 차도가 없고
점점 낮이 짧아지고 있었다

잡풀에 드러누운 들깨를 거두려고
낫을 들고 밭에 들어섰다

산그늘 진 오리나무 아래서
뚝뚝 끊어지다 이어지는 노랫소리

강아지를 데리고 나온
윗동네 그 여자가 풀숲 위로
솟아올랐다 가라앉았다

바람이 불지 않는데 훅
들깨 내음이 끼쳐 왔다

술 아저씨, 1982년

아저씨는 가을마다 정릉동 우리 집에 왔다
시골 이웃에 살던 친척이라 했다
안방에 들어 할아버지, 할머니께 큰절을 하고
사람 좋은 얼굴에 함박웃음을 지었다
점심에 나간 아저씨가 어스름이 되어 돌아왔다
불콰해진 얼굴에 비틀대는 걸음으로
빵이 잔뜩 든 봉지를 마루에 내려놓았다
할머니 앞에서도 하소연을 늘어놓았지만
무슨 말인지 우리는 알지 못했다
아저씨는 이튿날 나갔다 또 취해서 돌아왔다
빵 봉지를 놓고 내 머리를 쓰다듬었다
누나들이 징그럽다며 자릴 피하고
막 퇴근한 아버지가 마당에서 버럭 성을 내도
아저씨는 태연하였다 눈물의 하소연이 시작되었
다
왜 어른이 우나
저토록 술을 마시나
까닭을 알 수 없었다
아저씨는 며칠을 더 자고

금방 올 것처럼 나섰다 돌아오지 않았다
이듬해부터 집에 찾아오지 않았다
'그렇게 술을 마시니 그렇게 죽지'
마루에서 들리는 얘기를 잠결에 듣고
아저씨의 슬프고도 순한 웃음이 떠올랐다

하늘이 믿으시는 네 사랑

산동네 우리 집에 세 들어 살던 부부
허리가 가늘고 머리가 곱슬곱슬한 할아버지는
한때 유명한 가수라고 했다
문간방 툇마루에 거울을 세워놓고
라디오 소리, 면도 거품 속에 웃는 눈
흥얼대는 듯하지만 부드럽고 진중한 말투
짧은 머리가 온통 하얀 할머니는
나무 지팡이에 어름어름 걸어 다녀도
마주칠 때마다 온화한 얼굴
악극단 배우를 하다 할아버질 만났다 한다
언제 흘러가 버려도 이상하지 않은
우리에겐 그냥 옆방 사람들
똑같이 고되고 가난하고 쓸쓸하지만
어딘가 모르게 기품을 잃지 않은 어른들
어린 우리를 끔찍이도 귀여워하던 분들

그 후 몇 번씩 이사 다닌 텔레비전
KBS 가요무대에 할아버지가 출연하였다
마주 앉은 김동건 아나운서가 틀어주는

옛 음반에서 노래가 흘러나왔다
할아버지는 먼 데를 바라보듯이 듣고
정중하게 다시 한번 자신의 노래를 청했다

홍도야 우지마라 굳세게 살자
진흙에 핀 꽃에도 향기는 높다
네 마음 네 행실만 높게 가지면
즐겁게 웃을 날이 찾아오리라*

* 김영춘 〈홍도야 우지마라〉(1939) 3절. 시 제목은 2절의 부분.

구파발행 1

술집을 나와 선배 집에 갔다
버스를 갈아타고 낯선 종점에 내려
셋이서 불빛이 드문 흙길을 걸었다
풀벌레가 차게 우는 외딴집
부뚜막에서 선배가 끓여낸 김치찌개에
어디로 들어가는지 모를 소주를 마시며
싸우듯이 나누던 문학 얘기
밤이 깊어 문학이 곯아떨어지고
우리도 아무렇게나 엎어졌다
무슨 얘길 했는지 모른다

그 뒤 한 사람이 죽고
한 사람이 신부神父가 되었다

모두 시인이 되려고 했다

풀벌레가 노래하던 캄캄한 그 마을을
감쪽같이 갈아엎고 지은 아파트 타운으로
어쩌다가 흘러들어 와 깊은 밤

뜨거운 시 한 편 쓰지 못하고
추워지도록 나도 운다

장욱진

시끄럽다

나무들의 잠꼬대
둥그런 까치 울음만 듣겠다

해는 켜두고 달은 싹둑 베어났으니
검은 개야 같이 갈래?

두 평 방
두 무릎 사이
작게 바라봐야 열리는 화폭

들끓는 삶을 줄여
원래의 색깔로 돌려놓으려고

한평생 걷고 걸어
어린이에 도달하려고

김중업

그를 잘 모른다
그가 말을 건다

예술은 없는 것을 향하는 거라고
없는 것을 있던 것과 어울리게 해
또 다른 없는 걸 꿈꾸는 거라고

그런 그를 금정산에서 만난다
산기슭 보이지 않는 바다로 열린 복도
강의실도 연구실도 아닌 허공이 주인인 부산대
인문관
높다란 의자에 젊은이가 먼 하늘을 바라게 하는
벼랑
밖에서 보면 눈부시게 하얀 ㄱ 자
막 솟아오르려는 거대한 창틀

뜻밖의 시간에도 그를 마주친다
관악산 줄기가 흐르다 고인 양지바른 절터
박물관이 된 유유제약 연구동

외벽 밖에서 지탱하는 거미 다리 같은 기둥들
단단하고 따스한 내부 계단과 난간, 몸에 딱 맞는
방들
산바람과 시냇물 소리 넘실대는 집

○

평양, 요코하마, 파리, 뉴욕을 거쳐
그가 추방됐던 서울에 돌아와 세운
살아 휘도는 옥상과 벽

아기들의 숨결을 품었던 집
광희문 끊어진 성벽 언덕 모서리
층층이 둥근 테라스에 탯줄로 이어진 계단실
아기야말로 우주의 일부, 신비의 증거라고 말하던
아담한 사 층 건물, 서산부인과의원

양옆 빼곡히 들어찬 상가 건물
그 너머엔 분주한 밀리오레와 DDP

의원은 회사로 바뀌었고
노출콘크리트 표면에 허연 페인트가
맥박 뛰지 않는 정수리에까지
덮여 있다

○

전쟁 뒤 폐허에 일어선 기둥
춤추는 직선과 곡선 지붕 아래
스르르 비었다 차오르는 햇살
산 능선 끌어와 슬쩍 어깨에 두르는 집

집이 꿈꾼다 말한다 날아오른다

'건축은 인간에의 찬가
자연에 바치는 시'

대문을 나선 그가 흘깃 뒤돌아보고
길 밖 사람 속으로 사라진다

김종팔 선생님

아산병원 암병동
뼈만 있는 남자가 상체를 일으키고 있었다
문병 간 우리의 칠 년 전 학급과 번호를 맞췄다
웃으려는 표정에 숨이 찼다

경찰서 다녀온 학생들이 교단에 불려 나갔다
학생에게 몽둥이를 들려준 그분이 칠판에 마주
서며
당신을 힘껏 내리치지 않으면 용서치 않겠다고
했다
긴장된 침묵 끝, 한 명이 울음을 터뜨렸다

그분은 강요하거나 위협하지 않았다
학생들 애기를 끝까지 들어주었다
교사들과 깊이 대화하는 모습이 목격됐다
학교가 조금씩 바뀌는 것 같았다

가을에 급우들과 수유동 선생님 집에 몰려갔다
종점 호프집에서 생맥주 두 잔씩을 비웠다

선생님은 나를 보며 무슨 말 하려다 말고
이과생이 왜 시인이 되려 하냐고 웃었다

어느 봄 동두천에서 온 기술 선생님
부스스한 반곱슬 머리, 검은 광대뼈
당신을 소개한다며 커다랗게 칠판에
똥파리 그리던 김종팔 선생님

가을 가기 전에

가을 가기 전에 딱 한 번
방이동 숲길을 걸어요
죽은 잎들 위를 말없이 걸어요

거기 두고 온 것들
그만 두고 와요

가을 가기 전에 어쩌면
당신도 떠나갈지 몰라요
차가운 찻잔, 읽다 만 책들
액자 속에 웃고 있는 얼굴이
영원히 낡아가겠죠

그러니 가을 가기 전에
편지를 써요
잘 지내왔다고
운이 무척 좋았다고
고맙다고 말해요

가을 가고
대답을 잊은 눈송이들이
반짝이는 눈인사같이
길 위에 찍힌 사랑의 순간들을
얼려버리기 전에

수유리
—구파발행 2

    수유리우동에서 우동을 먹으며 생각한다. 수유
리가 지금은 수유동이고 여기가 수유동이 아니지만
수유리우동에서 수유리를 생각한다. 수유동이 수유
리일 때 내가 없었고 내가 있을 때도 수유동이 곧잘
수유리로 불렸지만 내가 없을 때부터 외삼촌이 수
유리에 옮겨 살았기에 수유리가 나의 외가인 걸까?

    수유리 갔다 올게, 양산을 펴며 마당으로 내려서
던 어머니는 부모를 여의고 수유리 외삼촌 댁을 친
정처럼 여기셨겠지만 내 어릴 적 수유리는 그저 북
한산이 더 가까운 공기 맑고 한적한 동네. 지하철
뚫리고 재개발되고 외삼촌이 없어 어머니도 더 이
상 가시지 않는 동네. 그러니 수유리를 생각한다는
것은 후르르 빨아들이면 금방 줄어드는 우동 그릇
같은 걸까? 눈이 사복사복 쌓이는 수유3동 거리를
얼굴이 기억나지 않는 연인과 나란히 걷던 밤, 꺾였
다 좁아지는 막다른 골목 같은 걸까?

    기억 속 수유여중 위 화계사에 들렀다 가난한 삼
양동 고개 넘어 창녀촌을 돌아 길음시장 통해 우리
집에 오기 위해, 북한산을 시계 방향으로 돈다. 수

유리를 점점 지운다. 아, 우리 집도 지워졌다. 수녀원 아랫동네가 거짓말같이 사라지고 아파트가 늘어서 있다. 진짜 우리 집은 더 가야 한다. 북악터널과 구기터널 뚫고 불광동 넘어 진관사 입구를 지나 구파발에 들어선다. 1978년 수유리에 개업했다 구파발에 문을 연 수유리우동에 앉아 있어야 한다. 7000원 선불. 졸깃한 면은 연한 노란색이고 멸치 우려낸 따끈한 육수가 일품. 물, 김치 셀프입니다. 그릇 담긴 쟁반과 남은 수유리를 반납하고 표표히 나서는 수유리우동.

과메기

구룡포 진청빛 바다처럼 찡한 추억이었지

바람에 눈알 씻어도 눈물만 남실대는 징한 사연
이었지

얼었다 녹고 녹았다 어는 청어 덕장같이 눅진한
시간이었지

단단하고 재빠른 마음 허물어지고
꽁꽁 싸맨 찬 데까지 비린내 몰고 와
매운 연탄불에 저도 흉터뿐인 맨몸 지지는

질기고도 상스러운 사랑이었지

진리 1

바다가 되려고 내리는 눈

무수히 달려들다가
무단이탈하여 홀연 옷깃 속으로 날아든
차가운 말

사라지는 건 없다고
망가지는
뜨거운 심장일지라도

진리 2

진리가 과연 있기나 한 거냐고 물을 때
진리에 가볼까?

진리교회
진리노래방
어디서 그 잘생긴 물고기들이 이주한 건지
궁금한 진리횟집

우리가 지쳐서
노래 부르는 동안
진리 노을이 지고
진리 별들이 탬버린 금술마냥 반짝이며
박자를 맞추고 있었잖아
박자를 놓쳤잖아

첨탑을 올려보다
서로의 빛에 물든 뜨내기 별들도
어느새 진리가 되곤 하는
사천진리 바닷가에서

위미爲美의 눈

눈
동백 숲에 내리는 눈

눈
두 눈 깊어지게 하는 눈

바람 거센 바닷가 벌판
물질하고 날라 온 검은 돌 곁에
시집온 어린 여자가 심었던 씨앗

잎 무성해진 동백이
꽃 떨어뜨리며 서서 맞는
눈

모든 것을 지워버리고
모든 것을 되살아나게 하는
눈
눈

그 눈이 먼 바닷가에 내리는 게 아닐지라도
그 눈이 아름다운 위미에 날리는 눈이 아닐지라
도

왜 종달리에서

왜 종달리에서
아름다운 것은 눈물겨운가

어느 세상 말로도 부를 수 없는
바다 그 연둣빛
늦겨울 햇빛 밑에서
깨끗이 죽고 싶어도

그게 다가 아니라고
어루만지는 파도

죽기보다 모질게 울음 끊으려고
바당*을 무덤으로
바당을 신방 삼아
애 낳고 전복 캐다 젖 물리던
여자들, 순사 몰아내고
감옥살이에 병 얻고서도
하늘 쪼개는 숨비소리** 울리던
그 여자들 앞에서

* '바다'의 제주도 말.

** 잠수하던 해녀가 바다 위에 떠올라 참았던 숨을 휘파람같이 내쉬는 소리.

대한大寒에서 우수雨水

살아 있는 것이 와서
살아 있다고 기척을 낸다

폭설 그친 아침
진관동 까치

○

여기보다 따뜻한
바다를 건너온 거니

새파랗고 작고 신 열매

마시기에 미안한 청귤차
내음

○

타워크레인 돌아가기 시작하는

공사장 빙판길

좁은 치마에 살구색 스타킹 신은 여고생
입술을 떨며 걷는다
울고 싶게 흰 얼굴

아직 마르지 않은 머리칼
얼비치는 햇빛

○

간밤에 또 눈 날림
아침에 땅만 젖어 있음

외투 갈아입으러 돌아왔다
나가지 않기로 함

빙하와 꽃 이파리 사이
긴 기대와 옅은 실망 사이

너는 너를 잘 모르고
나도 나를 알고 싶지 않은

입춘과 눈발 사이

○

무슨 교란인가요

눈 내린 것 같던
초가을 메밀꽃밭

뜨거운 속 식혀주던 냉면이
정작 제맛 내는 때는 추운 밤

컴컴하게 마주 앉은 당신
두 손으로 놋그릇 비우고서야
피어나는 얼굴

○

비, 안개, 벌판

화사한 천상빛 끌어와
바닥에 둥글게 드리운 매화

늙은 나무줄기 가린
어리고 겁 없는 꽃투성이 속

눈 감았다 뜨면 하늘
눈 감았다 뜨면 땅

니시와세다 언덕에서

눈이 될까 비가 될까 망설이는 구름

이윽고 그가 강을 건너 여자대학 앞을 서성인다,
오래 좋아하던 친구 여동생을 뒤따라 도쿄행, 진학
을 구실로 다니던 예비학교 중단, 기웃대던 연극연
구소도 중단

다시 강을 건너 혼자 하숙집 골목에 들어선다, 말
린 생선 굽는 냄새, 간장 졸이는 냄새, 집들 사이 신
사 지나 소학교 빈 운동장에서 그는 완전히 어두워
진다

보이지 않게 흩날리며
뜨거운 이마를 조금씩 조금씩 식혀주는 비

시인이 되기 전의 김수영

강물이 되기 전에 반짝이는
빗방울 빗방울

쑥튀김보다 쑥국

쑥튀김보다 쑥국을 좋아하는 것은
쑥국이 더 맛있어서가 아니에요
쑥튀김이 금세 눅눅해져서 기름 냄새 나고
정체불명 쑥전처럼 되기 때문이 아니에요

쑥튀김을 산더미같이 튀기려고 어머니와
그보다 더한 산더미로 쑥을 캤기 때문이 아니에
요
흙내 나는 밭둑에 쪼그리고서 쑥을 캐고 캐고 캐
고
일어서면 빙빙 돌던 하늘이 싫어서가 아니에요

아이들이 이제 다 커서
아이들 엄마가 내 어머니처럼 커 보이려는데
아이들이 끝내 안 먹고 간 쑥된장국을
늦은 아침에 혼자서 한술 뜨려는데

쑥튀김도 못 먹고 쑥도 같이 못 캐는 봄날이
지금 지나가고 있기 때문이 아니에요

3부

백학 관찰보고서

봉

　양평. 부대 여기저기에 봉이 돌아다녔다. 갈색 칠이 벗겨진 봉이었다. 흠집이 많고 육중했다. 1980년에 남쪽에 다녀온 충정봉이라 했다. 데모 진압 훈련도 이젠 없어졌는데, 누군가 야구방망이처럼 봉을 휘둘러 돌멩이를 날렸다. 꽃 핀 나뭇가지를 이유 없이 두들겨 팼다. 여기서 그곳까지는 한참이나 먼데, 왜 군인들이?

　광주. 39도를 넘긴 다음 날이었다. 날이 새자 금남로에 나섰다. 옛 전남도청으로 갔다. 도청은 공사 가림막에 싸여 있고 빈 분수가 덩그러니 놓여 있었다. 건물 사이로 무등산 자락이 비쳤다. 중앙선에서 뿜은 물이 바닥에 끈적이며 흐른 도로를 따라 기념관에 들어섰다. 폭력과 참상을 증언하는 사진들. 시민의 맨몸을 호되게 가격하는 계엄군의 진압봉.

　남태령, 동짓날. 밤이 깊어지고 있다. 얼음 바람이 얼굴을 때린다. 난방 버스가 막 도착하자 어묵 트럭에 김이 오르기 시작한다. 임을 위한 행진곡으

로 트랙터들이 행진을 하고, 다시 만난 세계를 다시
만난 듯 울던 얼굴에 새 꽃이 핀다, 로제의 아파트
만큼 숨 가쁘게 높아지는 고갯길에서, 횃불처럼 훨
훨훨 타오르며, 외치고 춤추고 노래하는 색색깔의
응원봉, 응원봉.

안국역 1

펄 펄 쏟아지는

삼월도 지나가는 한밤중
폭설

아직 지나가지 않은 것이 있다는
봄 전갈

아직 기뻐할 것
슬퍼할 것도 없다는

안국역 2

여상 나와 은행 들어가는 게 최고였던 때
드디어 주택은행 들어간 고종사촌 누나가
지난 삼 년 동안 새벽에 월곡동에서 걸어가
가방 줄 세워놓던 정독도서관 입구

세월 좋아져 나는 대기표 받고 잠깐 기다리다 입
장해서는
열람석에 가방 던져두고 도서관 식당에서 우동부
터 먹은 뒤
사일구 기념비 스쳐 인왕제색도의 진짜 인왕산
바라보다가
경복궁 민속박물관 비현실적인 기와지붕 바라보
다가
가방 챙겨 나와 북촌 골목을 쏘다녔다
덕성여고 여중 정문 지나 미국대사관 시설 높다
란 담을 끼고
어둑한 길을 걸었다 김중업이 설계한 멋없는 안
국빌딩 건너
버스 타고 흔들리며 집에 돌아와 잤다

한여름도 있었을 텐데 왜 추웠던 기억만 나나

도서관 밑 기무사 지나 청와대로 가는 통로엔 바
리케이드

백악에서 흐른 물보다 시렸을까, 불안과 걱정과
공포뿐인 시절

그래도 세월 좋아져 나는 데모 한 번 안 하고 어
려운 일 피해서

좁고 긴 골목 흘러가듯 요리조리 빠져나온 듯한
데

큰길가 닭장 같은 전경 버스 옆 먹다 남은 빈 식
판

줄지어 앉은 전투복들 땀에 전 헬멧 땅바닥에 벗
어놓아야

아는 동네 형 같아 보이던 거무튀튀한 얼굴, 얼
굴.

기무사가 국립현대미술관이 되고 풍문여고가 공
예박물관이 되고

소격동이 아이유의 노래가 되고 빈 집터가 노무
현시민센터가 되고
가정집이 런던베이글이 되어 주말에도 국내외 관
광객이 북적거려서
"사람 사는 곳이니 제발 조용히 지나가 주세요"라
고 적힌 간청이
담벼락에 붙는 사이, 백송 보려고 경비실에 살짝
얘기하면 언제든 들어가
백송 아래서 조용히 쉬곤 하던 헌법재판소 앞에
줄지어 차벽이 세워졌다
노기 띤 청년들, 유튜브 찍으며 중얼대는 노인들,
욕하는 여자들을 막는
경찰들에 막혀 신호등을 세 번 건넜다 건너편 송
현동엔 다른 사람들
노래 부르고 춤추듯 몸을 들썩이고 간간이 팔 뻗
어 간절한 구호 외쳤다

낮엔 벌써 덥고 미세먼지 자욱하다가
어느 날엔 그나마 공기가 맑고

먼 곳에서 기나긴 산불 소식이 진화되지 않고
저녁에는 다시 이상하게 춥다
아파도 아파하지 않지만 비가 내리지 않고
길가에 나무들이 앙상한 채 싹이 나지 않는다
여기가 밤인가 봄인가, 내가 아는 안국동인가
우리도 모르는 서울, 이천이십오년
낯익고 생경한 골목길인가
안 올 열차인가, 파릇파릇할 이파리인가
미칠 듯이 피어나 온통 흩날릴 꽃잎들인가
아직까지 흘려야만 할 피인가
기다리고 기다리고 기다려야 할 새벽인가

전야
―안국역 3

급하게 정권 바뀔 기미에 예정보다 이르게 기관
장 취임한 사람이 무더기로 선물 받은 난초 화분 중
하나를 처분하듯 내게 막무가내 주겠다는 것을 번
연히 여러 번 손사래 쳤는데도 기어이
　화분이 왔다

난초잎 떠는
사월 삼일의 냉기

가는 잎새 잎새마다
너 아니면
나에게로 뻗친

퍼런 칼날
푸르르 떠는

봄의 선고
—안국역 4

"주문. 피청구인 대통령 윤석열을 파면한다."

식목일
―안국역 5

완연한 봄비
그토록 엄정한 풀빛
너무나도 타당한 구름 구름

당연한 걸 당연하다 말하는 기쁨
당연한 걸 당연하다 말해야 하는 슬픔

우산 쓴 사람들이 사거리를 건너간다
가려진 얼굴이 저마다 부드럽게 젖어 있다

더 많은 나무들이 한꺼번에 꽃을 피우리라

교동도 구름

어디서 뜨는 구름이든
고향으로 가네

밀물 썰물에 조촐히 씻기고
뙤약볕에 부풀어 올라

처음으로 그 어제로
벅차게만 흘러가네

철조망에 찢겨 부서지고
발 헛짚어 그만 조류에 휩쓸려가도

돌고 돌고 돌아 어디서든
고향으로 고향으로 가네

주황색 잠수함

―안인진 1

　주황색 잠수함이 바다에 떠올랐다. 주황색 병사들이 잠수함에서 줄지어 나와 육지로 올라갔다. 주황색 병사들은 어딜 가도 눈에 띄었다. 사람 붐비는 오일장에 놀러 가고 초등학교 운동회에 참가하였다. 민방위 훈련 때는 거리에서 차량을 통제하였다. 산불 예방 캠페인에도 앞장섰는데, 주황색 병사들이 주황색이라는 이유만으로 주민들에게 외면받았다. 주황색 병사들은 주황색이 결코 해로운 게 아니라고 설득하였으나, 번번이 묵살되었다. 단풍철이 돌아오자 주황색 병사들은 존재감마저 희미해졌다. 주황색 병사들이 바닷가로 몰려가 정박해 놓은 주황색 잠수함에 올라탔다. 쓸쓸히 바닷가를 떠났다. 소문에 의하면 잠수함이 향한 곳이 그들이 처음 떠나온 데가 아니었다고….

　주황색 잠수함이 바다 위에 다시 떠 오르지 않았다.

녹슨 수평선
―안인진 2

해안도로 달리다 봤던 낡은 잠수함
올봄에 이미 해군 1함대로 실려 가고
그 주변엔 빈 바다 흐린 수평선

가느다란 비탈에 난 길로
기념공원 전적비와 충혼탑 지나
월요일도 문 연 안보전시관 문을 연다

잠수함보다 넓은 단층 전시실
잠수함 타고 온 사람들이 가져온
쌍안경, 소총, 권총, 수류탄
펩시콜라 캔과 검은 포도술
녹색 유리병의 신덕샘물

물속에서 목마른 채 빠져나와
목 타는 시간들, 목숨 꺼질 때까지
무한반복 이어졌을까

전시관 냉온수기 지나쳐

나간 주차장, 수평선이 뵈지 않는다
철길 밑으로 안인항에 들어선다

아무 일 없다는 듯 빈 방파제
여태 문 안 연 식당과 모텔
가파른 산비탈로
일렁이고 일렁이는 파도

수평선이 점점 다가온다

내 발치에 기어올라
맨 목을 턱, 휘감는다

후방

— 양평에서

강과 강이 빗장을 걸고
산줄기가 막아 세운 곳
안개 낀 지도 속에서
응당 말소되는 곳

경유 냄새 나는 새벽녘
흘러나온 지친 전투화들이
더 흐르지 않고
포신 뻗친 무한궤도에 감겨
굉음뿐인 암구호에 흩어진 뒤

뒤축이 터진 채 널려 있다
뒤엉킨 철조망
늘상 껌뻑이는 주황 등
제한구역 접근금지 푯말에

별장과 낚시터와 모텔 사이
마을회관과 편의점 앞마당에
까먹었다 생각난 듯 지나가는

가방 멘 아이의 발걸음 소리에

흐른다는 것이
— 북한강 1

큰일 났다고, 한강 건너는 버스 스피커에서 라디
오가 흥분하였다, 퇴근 시간 빽빽이 들어차는 공포
로 버스가 요동쳤다, 집에 와 TV를 켜니 63빌딩 하
반신이 강물에 잠기는 모형이 뉴스에 나왔다, 올림
픽 열리는 서울을 물바다로 만들려고 북한이 댐을
짓는다 했다, 중2 때였다, 잠이 오지 않았다

막 잠이 드는데 버스가 멈춘다, 케이블카로 갈아
타고 백암산 정상에 내린다, 출렁이는 산 물결, 점
점이 초소들, 은밀히 기어가는 하얀 작전도로들, 구
름 사이로 임남댐이 나타난다, 댐에 담긴 푸르스름
한 물빛이 비친다, 산 아래 보이지 않는 군사분계선
거쳐 물줄기 따라 멀리 평화의 댐도 보인다

마른 논 흘러들어 벼 물결 싱싱하게 일으키는 물
　온갖 물고기들 키우고 새를 날리고 나무에 꽃 피
우는 물
　나눠주고 이어주고 합쳐지다 고요히 깊어지는 물

전망대 내려와 마지막으로 버스에 탄다, 굽이굽
이 산길을 따라 우리도 흘러내려 간다, 북쪽 향한
위장막 포신 사이를 유유히 지난다, 철조망 빠져나
와 식당가와 빙어축제장 넘어 강으로 간다, 어느새
강물 되어 흘러내린다, 쉬지 않고 흐르는 게 결국
만나는 거라고, 연잎 위로 철벙! 튀어 오르는 물고
기

양구楊口 밖에서
—북한강 2

2사단 소대장 실습

소양호 선착장에 실려 갔다, 납작한 군용 수송선 바닥에 빽빽이 채워졌다, 창이 없었다, 호수를 한참 달리다 도착했다, 우리가 내린 뒤 신병들이 줄지어 내렸다, 해쓱하고 겁먹은 얼굴들, 트럭 타고 사단, 연대, 대대 거쳐 신고하고 각 중대로 흩어져 짐을 풀었다

뙤약볕에 반바지만 입고 맨발로 다니는 군인들, 행군이 많아 발바닥을 단련시키는 거라고 행정병이 말했다, 행군으로 부대가 기네스북에 오를 정도라고 했다, 거의 다 왜소한 몸집들, 분노와 슬픔이 뭉쳐진 표정들, 대학생이 별로 없다고 했다, 빽 있으면 이런 데 안 오죠

일주일이 더디게 갔다, 훈련에 동참하고 내무반에서 병사들과 같이 잤다, 점차 친해졌다, 누워서 두런두런 이야기를 나눴다, 제대하고서 진짜로 하고 싶은 일들, 별사탕처럼 달고 별처럼 까마득한 얘기들, 무사히 소양호 건너 집에 갈 수 있다면

북한 잠수함 사건

양구에서 돌아온 한 달 뒤 강원도가 발칵 뒤집혔다, 북한 잠수함이 강릉에 좌초했고 거기서 빠져나온 북한군 15명을 잡으려고 국군이 대거 투입되었다, 북한군 13명이 사살되고 1명이 생포됐다, 국군과 민간인도 목숨을 잃었다, 2사단 공병대대 표종욱 일병이 싸리비를 만들러 나왔다 북한군에 붙들려 고문당하고 살해됐다, 탈영범으로 처리됐다가 북한군이 벗겨간 전투복이 발견되는 바람에 시신을 찾을 수 있었다

종욱이는 누구나 좋아하는, 키 크고 명랑하고 착한 후배였다, 학군단에 지원할까 고민해서 몇 번이나 권했다, 창밖에 버드나무들이 물결치듯 넘실대는, 유난히 햇볕 환하던 하얀 방에서였다, 종욱이가 큼직하게 웃었다, 형, 알겠어요

굽은 강이 오래 흐른다
―임진강 1

까마귀가 또 까악댄다
이 지경으로 막혔어, 딱 끊겼어
더 갈 수 없는걸, 더 봐야 소용없어
부끄러운 줄 알면, 돌아들 가라고

과묵한 인솔 장교 자동차 따라
굽이굽이 내려가는 비룡전망대
흐릿하게 솟아 있던 송악산
맹렬하게 휘날리던 북한 초소 깃발
강물 속에 잠긴다

나룻배 흥성대던 고랑포에서
지뢰 묻힌 강물이 돈다
까마귀 떼 다시 날아들고
어둠 환해지는 벌판

굽은 강이 오래오래 흐른다

두루미 나라에 갈까?
—임진강 2

눈 쌓인 강가, 흰 새가 쌓여 있다

고개 세우고 뒷짐 지고 살짝 헛기침하다
옆눈으로 무심히 지켜보는 두루미들
두르르 두르르르
야단스럽지 않게 자못 당당하게
걷다가 쪼다가 멈춰 서서
보이지 않는 것 바라보는 자태

퍼더더 휘저어
다락에 오르듯 공중에 드는 날개
두르르 두르르르르
큰 동그라미 겹쳐 그리면서 상승
활강하다 펄럭, 퍼러럭
철책 너머로 흰 점이 되어 사라진다

강물이 더욱 반짝거린다

백학 관찰보고서

―임진강 3

백학에는 백학이 없다
백학면 하늘 높이 왕왕 백학들이 날아가지만
임진강이 군사분계선을 막 넘은 왕징면이나 중면
강가에
백학이 주로 서식하기 때문이다
한자까지 똑같은 백학은 정작 백령리와 학곡리에
서 한 자씩을 따온 것이며
더군다나 백학면 법정 마을 스물한 개 중 열한 개
가 북한에 있으므로
백학에 사람 둥지가 절반 이상이나 없는 셈

백학에는 군사분계선과 삼팔선이 한꺼번에 지난
다
장남면 건너 섬처럼 떨어진 항동리, 매현리가 백
학에 속하는 이유가 그 때문인데
앞서 말했듯 두 마을은 그나마 군사분계선에 걸
쳐 있는 마을이고
백학 자체가 분계선에 허리가 뚝 잘린 땅
전쟁 때는 백학 대부분이 삼팔선 북쪽에 있어

정전협정 전날까지 어떻게든 땅덩이를 더 앗으려
는 공방이 벌어져
　미군, 호주군 삼백여 명, 중공군 삼천여 명이 전
사했다 한다
　육이오 마지막 전투인 사미천 전투에서였다

　그 사미천이 백학 정중앙을 흐른다
　북에서 넘어온 하천으로, 몇 주 전 북한 주민 한
명이
　일 미터 깊이도 안 되는 천을 따라 귀순했다
　북에 남은 귀순자 가족의 안전을 위해 당국이
　그의 신원이나 귀순 지점을 밝히지 않기로 하였
으나
　그가 사미천을 건너왔다는 것은 이미 다 알려진
얘기
　그는 또 다른 한국인이 되기 위해 지금 어디서 뭘
하고 있을까
　그가 떠나온 북쪽, 황해도 자라봉에서 발원한 사
미천은

오십사 킬로미터 흘러서야 겨우 임진강에 합류하
는데

백학에는 안개가 자주 낀다
안개를 헤치고 어부가 배에서 내리고 있었다
강물에서 방금 빠져나온 검고 가는 팔뚝으로
낡은 트럭에 그물을 연신 옮기고 있었다
얼마 뒤 대교여울목에서 메기 빠가사리 매운탕을
시켰는데
조미료 안 친 탕에 어쩌다 뛰어 들어온 몸피 작은
물고기들이
위아래 강줄기를 맘껏 노닐었을 자유로움이며
어부의 오래된 향수가 떠올랐단 건 순 거짓말이
고
집에 돌아와 내가 깊이 잠에 빠졌을 때조차
백학 땅을 맑게 씻으며 흘러가는 임진강 안개가
늘
지느러미 없어진 내 몸을 휘감고 있다는 건 사실
이다

4부

같이 걷는 게 꿈인 길

몰운대에서

1

항구 건너 터널 지나
넘고 넘는 좁은 언덕길

길이 멈추자
산이 끝나는 자갈마당

바다는 절벽에 대고
산줄기는 파도에 스며

자굴자굴자구르르

2

태백 삼수령에서 갈려 나왔어요
성곽과 광산 품고 억새 휘날리며
낙동강 끼고서 쉼 없이 뻗어 내렸어요
포화 피해 피난민들 숨겨 주고

공장 굴뚝 사이 큰 도로 넘겨 주었지요
이제는 빼곡한 집, 얽힌 골목 끌어안고
수평선에 피어나는 구름 바라보고 있어요
거품에 씻겨 사라지는 것이
남은 일인 줄 알고서

3

정운공 순의비 가는 길은 통제구역
자갈마당 둘러 가는 해송 길은
다시 주차장에 이어진다
막 떠나려는 시동 걸린 차
운전석 문을 열고 나온 남자가
고래고래 소리를 지른다
누구에겐지 모르는 삿대질을 한다

사그라들 것 같은 남자의 고함에
가슴속 자갈들이 우르르 소리를 낸다
파도가 친다, 산길이 들썩거린다

여기가 끝이 아니라고
여기부터가 시작이라고
절벽 너머 구덕산, 금정산 향해
넘실거리는 바다

철썩
자굴자굴자구르르

산늪에서 태어나

한 굽이 돌면 차 소리 사라지고
한 굽이 돌면 박새 소리 밀려들고
또 한 굽이 돌면 비에 젖어 늪에 오르는
지친 내가 보이는 길

구름 속 억새에 싸여
발끝으로 더듬어 가는 화엄벌

나무 위로 떠오른 마당바위 지나
늪으로 가는 길도 늪에 스미고
억새 꺾으며 헤매다
나도 꺾여 돌아 나올 때

시원始原으로부터 날아올라
머리 위로 길을 내며 휘도는 꼬마잠자리들

다시 빗방울이 흩뿌린다, 뺨에 이마에
늪에서 태어나 나도 억새와 물결치고 싶다
억새 틈에 반짝이는 물매화, 옥잠난, 흰제비난 숨

결에 섞여
　젖어드는 물기에 잔뿌리 박고
　겉잎 떨군 자리에 속잎, 속잎 피우며

철암

백병산 밑
검은 골짜기 검은 동네
개천가에 까치발로 붙은 건물

돈 없는 농협은행
치킨 없는 페리카나치킨
노랫소리 끊긴 황제주점 앞을
왜 자꾸 걷나

실어 보낼 석탄도 없이
떠날 사람 모조리 떠난
철암역 대합실 벽에 기대
누구를 기다리나

광물질 같은 고독
진폐증 걸린 그리움이라 쓴다
지운다
해 거치지 않고
다가오는 저녁

붐비는 나 혼자
시장 입구에서 식당에서
무엇이든 만날 것 같아
헤매는 길모퉁이

쿵쿵쿵, 양지다방 계단 내려와
뒤돌아보는 낯익은 청년
입 닫고 눈썹 몹시 찡그리며 웃는
쇠바위의 얼굴

묵계 黙溪

해 잠깐 들다 가도
악착같이 꽃 피어난 곳

그 꽃 사이
빨치산이 오고
토벌대가 오고
긴 옷 걸친 도인들이 오고
한국인 다 된 연변 아이도 와서
서당 버스 기다리며 놀다 지친 곳

청암면 묵계리
떠돌며 맴도는 넋들처럼
하동댐 언저리에 갇히기 전에
통제소 너머 삼신봉 올라가야지

능선 타고 영신봉 돌아
확 펼쳐진 지리산 주능선을 바라봐야지
아직 안 핀 세석평전 철쭉을 몰아
다시 정맥으로 풀어지려고

뭇 넋 기억하는 낮아지는 산줄기로
낙동으로 남해로 더 뜨겁게 합쳐지려고

불행을 막기 위한 일

1

마늘 냄새 나는 버스에서 내려
전주 시내 친구네 여관에 묵었다
다음 날 마이산에 다녀왔다
친구가 좋아했다는 여자가 아르바이트하는
전북대 서점 앞을 서성거리기도 했다
음악 소리 시끄러운 맥줏집에 들어가
괜찮은 척 목소리 높여 떠들어댔다
다 쓰러져 가는 극장들을 지나
개천가에서 헛구역질을 했다
마이산 고개를 넘는 듯 숨차게
낡은 한옥 골목을 걸었다

무슨 일이 일어났는지 모르고
이어지는 열대야
적막 속에 잠들어 있던 전주

2

여기저기가 다 싸움터고 웅치라던
완주 아저씨 이야기 듣고 기념사진 찍고
웅치에 오른다 마이산이 안 보이지만
진안에서 전주로 통하는 길
전라도를 빼앗기지 않으려고 혈투 벌인 고원
왕은 잘 모르고 역사가도 기록하지 않은
웅치를 가파르게 달려 내려온다
허기진 채 한옥마을에 간다
한식집, 한국말 잘하는 베트남 여자가 내온
매운 물갈비를 먹고 속이 뒤집힌다
어둠 은은한 거리, 한옥카페에서
얼그레이 홍차 마시고 차분해지는
사소한 전주성의 밤
누구도 신경 쓰지 않을 지난 일

웅치 넘어온 늦겨울 바람이
풍남문에 들썩거린다

물속마을 따라

옥정호
달 밝은 밤

기와지붕
장독대
뒷마당이 비치고

운동장 철봉, 그네
국기 게양대가
소란스럽고

강아지와 달리던
꽃 핀 오솔길
숨차게 달려오나요

간신히 능선 내놓고
수몰된 가슴 지켜보던
오봉산

산 벗어나
물안개 따라 흘러요

무등, 무등산이여

자고 일어나면 보이고
걷다 고개 들면 보이던 산이
이제 아파트에 가린다

보이지 않는다고
없는 것이 아니지 않은가, 무등산이여
장불재 내려와 금남로와 양동시장 쏘다니다
광주를 끝내 떠나왔다고 광주가 떠난 것은 아니
지 않나
그때 외친 목소리 그때 불탔던 눈빛들
망월동 어두운 언덕에 묻혀 있다고
피 흘러 피어나는 꽃
들풀처럼 되살아나는 사랑
사라진다 말할 수 없지 않나
오일팔이여

그리하여 무등산이 도처에 솟아 있다
금남로 술집에 카페에 충장서점에
구 전남도청 본관 앞 은목서에 분수대에

이제 지겨운 연인들의 말다툼에
주름진 미소로 보는 가판대 할머니의 먼 산에
보이지 않는 먼 먼 산에

무등, 무등산이 솟아오른다
속리산에도, 설악산에도
금강산, 백두산에도, 두만강에도
동해, 남해, 황해에도, 한강에도
다시 백악에, 북한산에도

우리 일어서는 몸짓이 서석대, 입석대 육각바위
같음이여
우리 마음 구석으로 불어오는 장불재 장쾌한 바
람이여
어머니 두 팔로 가슴으로 어둠 없이 끌어안아 키
우는
무등, 무등, 무등산이여

계당산 봄까치꽃

그늘진 임도엔 돌투성이 잡풀
길인 줄도 모르고 돌려 나온 길

무턱대고 딴 길 들어서자
펼쳐지는 산속 의병마을
쭉 뻗은 소나무 사이 움푹 꺼진 둔덕
총 만들려고 쇠 달구던 대장간
목탄저장소와 제련로가 있던 자리

질 줄 알고 싸우는 싸움
죽을 줄 알고 죽자는 목숨

펄펄 끓는 쇳물 열기에
땅, 땅땅 내리치는 망치질
하루 또 하루 벼리던 결의 너머
그들이 꿈꾼 봄이 아직 오고 있을까

천지사방 뜨겁게 쇳가루 튀던 숲 가
눈가루 녹듯 흩뿌려진 봄까치꽃

꽃인 줄도 모르고 피어나는 꽃

보림사 보물일까?

보물이 넘치는 절일까

먼지 하나 없이 채색된
살아 움직이는 듯한 사천왕,
꽃 핀 배롱나무 줄기보다 흰 살결
우아하게 자세 잡은 삼층석탑,
바라볼수록 심란하게 만드는
대적광전 철조비로자나불의 미소

곰치 넘어온 곰이
불쑥 튀어나올 것 같은
절간 둘러싼 아름다운 비자나무 숲이
바로 그 보물?

문 닫은 성보박물관 뒤꼍
앙칼지게 짖는 개에 쫓겨 절을 나올 때
이거 하나 좀 사 가시면 좋을 텐데…
발음 어눌하게 봉지 내미는 할머니
꾀죄죄한 손에 들린 술빵

못 본 체 외면하고
차 문을 쾅 닫았다

보림사 보물일까
뜨듯하고 구수하고 달짝지근한
그 술빵
가난한 부처님이
김 폴폴 나는 찜통에서 막
아니면 아랫목 이불 속에서 스윽
꺼내어 쟁반에 수북이 담아두고는
눈 어둡고 허기진 사람에게만
무심코 건넨다는

편백나무 사이로

돌바닥만 보고 걷다 파랗게 하늘이
있는 걸 안다 편백나무 숲

허리를 곧장 펴면
눈길은 너를 닮고 싶다
아득한 데서 도란거리는 나무

나무둥치 향그러운 사이로
누가 걸어올 것 같다
아프지 않아도 아파도
부르지 않고 우두커니 서서
피어나는 우듬지 실가지 따라
달려가지 않아도 귀 기울여도

잎사귀 뚫고 차갑게 쏟아지는
첫 햇살처럼 올 것만 같다
뿌리 끝까지 그리워하지만
내가 알지 못하는 누가

떠오르는 길

초여름
광양 옥룡면 골짜기 접어들어도
여전히 답답하고 습기 찬 마음
지도에서 서너 번 접힌 길 맴돌다
바윗길이 차 바닥 치는 소리
헛도는 타이어 타는 냄새에
헐떡이며 한재에 이른다

고개 넘어가면 섬진강
그 너머엔 화개장터
숨어들기 좋고
이어지기 좋은 숲길 따라
숨이 깔딱거릴 만큼 오르다
불현듯 너그러워지는 길
그러다 다시 가파른 신선대
그 옆 아슬아슬하게 솟은 백운산

좁다란 바위 꼭대기에 매달려
땡볕 들쓴 얼굴들도 숨 고르고 있다

죽창이든 총이든 들지 않았어도
어디선가 다 쫓겨 온 사람들
살기 피해 살길 찾다
이러지 저러지도 못했을 사람들

미세먼지 띠 위로
붕 떠오르는 지리산 연봉

조약봉 가는 길

공동묘지 끼고 가는 길

처음 가는데 와본 것 같은 길

낙엽 쌓여 비로소 편안해진 길

여럿이 걸어도 혼자 생각에 빠져 있다

돌아보면 느려진 일행들 걸음 눈에 박히는 길

여태까지 쉬지 않고 걸어온 길

고개 들면 먼 산줄기, 먼 숨결이 느닷없이 따라붙
는 길

나 없이 날 휘감는 높고 깊은 길, 하얀 길

조약봉 가는 길

왼쪽은 호남, 오른쪽은 금남으로 뻗은 정맥 길

평평한 둥지 같은 정상에 모인 일행들

웃으면서 같은 꿈 떠올리는 길

같이 걷는 게 꿈인 길

꿀벌통신학교

계룡산 아래 자운동 땅을 깎아 만든 황막한 교정, 전투복에 처진 몸 욱여넣고 줄 맞추어 졸고 있는 야간 수업, 저마다 팔뚝에 새긴 육군 통신병과 마크 "ㅌㅗㅇ하라"를, 자세히 봐야 알 수 있는 그 "통하라"를 체득하려 가까스로 눈꺼풀 들어 올릴 때, 어디선가 벌이 날아든다

형광등을 칙, 칙 두드리다 머리 위를 위잉잉 선회하는 벌들, 긴장 풀어진 채 가는 웃음 번져가는 강의실, 벌들이 현란하게 8자 춤을 추는 동안, 제각각 딴 곳으로 부질없이 주파수 잡던 군인들도 신비로운 벌들의 암호에 동시에 귀 기울인다, 원래 그랬던 것처럼 언제나 그래왔던 것처럼 서로들 마주치는 눈빛들 부드럽게 반짝거린다, 천장을 유리창을 칙, 칙칙 두드리며 오묘한 비행으로 교신을 시도하는 꿀벌들 따라 시원한 산바람 따라, 아카시아 꽃향기가 한 하늘로 송출되는 봄밤

신동엽 옆에서

조석산에서 낮아진 산줄기가
부소산 향하다 길가를 서성인다

부여군 부여읍 동남리
시인이 나고 자란 동네

"그리운 그 얼굴 볼 수 없어도
화사한 그의 꽃
산에 언덕에 피어날지어이"

그늘진 시비 너머
금강이 백마강으로 바뀌는 동안
물결 따라 너울거리는
백제군, 동학군의 마지막 함성

정림사지 오층석탑을 휘돌아
사일구혁명 시위대 외침으로 이어진다

절터와 부소산이 내다보이는

부여중학교 삼 층 유리 창문에
그 목소리 그 눈동자 다시 일렁일 때

"울고 간 그의 영혼
들에 언덕에 피어날지어이"

정맥 길에 빛 들면

1. 무리 지은 산

파도에 넘실대던 산
방조제로 이어지고
바다 죽기 기다려
길 나고 창고 선 뒤

육지로 밀려와
쌀 빼앗기던 산
고군산군도古群山群島 향해
반짝 솟구치던 산

2. 점방산 소나무

청소년수련관 건너 산기슭
새벽 운동 나온 사람 지나는
뒷동산 오솔길 같은 정맥 길

부여 가는 줄기와 갈라져서는
금강 끼고 왕사봉, 미륵산으로 뻗어
평야에 스몄다 이어 오른 산
봉수대 터 정상 전망대

전망대 가지 않고 철봉 하던 사람
딴 사람이 도착하자 한참 얘기 나눈다
동네가 산꼭대기 옮겨온 듯
산줄기가 말소리 찾아온 듯

소나무가 몸 구부려
따스한 대화 엿듣고 있다

3. 군산과자조합 불빛

군산세관, 군산근대미술관 거치고
줄 늘어선 이성당 지나 안쪽 거리를 걷는다
거무튀튀한 일식 가옥, 들어서기 꺼렸던 한일관

아침에 속 풀어주던 말간 뭇국 생각
맞은편 초원사진관에선
여전히 수줍게 웃는 다림의 사진

더 걸어 백 년 넘은 이층집
군산과자조합에 들어간다
목재 구조 훤히 드러나는 지붕 안
이 땅의 나무로 정성을 들였을 외지인 손길
그 밑에서 서럽게 제과 기술 익혔을 젊은이들

커피와 스콘 주문하고 창밖을 바라본다
아직 추운 저녁, 한산한 골목
평지에 스며 찻길 건너온 정맥 길이
동네 지나 월명공원 향해 가고 있을까
땅 바뀌고 바람조차 바뀌고
지나온 길 저무는 시간

손님들 차례로 나간 뒤
키 큰 알바생 퇴근시키고

미색 앞치마 입은 여자가 다가온다
오랫동안 잊고 있던 무구한 미소
탁자 조명등 가리키며
"불 켜드릴까요?"

아는 얼굴
―아양동 미륵불

넉살 좋은 아저씨 화물차 얻어 타고
배티고개에서 안성으로 들어간다

골목을 돌고 돌아 동네 구석에
거짓말처럼 미륵불이 서 있다
뚜렷한 눈썹에 큰 눈, 도톰한 입술
우습도록 커다란 얼굴

목이 댕강 떨어져서 시멘트로 목 붙이고
잘려나간 아래 대신 상반신으로 우뚝 서서
아양동 주공아파트 수위실을 수호하고 있나

전에는 그저 밑에 엎드려 치성드렸을 불상
온갖 염원, 각종 염려에 닳아빠진 두 귀
네 맘 다 안다 걱정 마라 가슴에 댄 긴 손

다시 보면 시장 어귀에서 언뜻 마주친 얼굴
비닐봉지에 고사리나물 덤으로 넣어 주고
고봉밥 푸다가 생뚱맞게 먼 하늘 보고 있는

아는 아저씨 같은 아줌마 얼굴

제멋대로 휘어진

—바우덕이*

살기 위해 놀았다
허공에 외줄
흔들림이 춤이 되고
흐느낌이 노래가 되어

무동으로 안성 사당패 들어가
매 맞으며 동냥 돌고 재주 익혀
열다섯에 소녀 꼭두쇠가 됐다
천하고 가난한 생명붙이들 흥 북돋고
시름 훔치며 살을 대신 맞았다
폐병에 스물셋에 개울가 묻히기까지
외줄은 몸뚱이 꽁꽁 감는 오랏줄이었을까
찬연히 공중에 몸 띄우는 도약대였을까

살아지는 김에 다시 신명 나게 놀아보려고
장터로 절로 궁궐로 피가 끄는 대로
외줄에서 장단 맞췄다
짓누르는 하늘 이고 하늘로 솟았다
서운산 청룡사 대웅전을 받치고 있는

기둥**처럼, 휘어지는 운명처럼

* 안성 남사당패를 이끌던 유일한 여자 꼭두쇠. 불당골에 본거지를 두고 전국적으로 활약하다 요절했다.

** 청룡사 대웅전의 기둥 일부가 S 자로 구부러진 나무로 되어 있다.

열원烈院을 지나며

번개가 친다
느티나무가 술렁인다

아버지가 떨어져 팔이 부러졌다는 나무
의병 이백 명 밥을 해준 종갓집
순사들이 몰려와 불 지르자
증조할머니가 뛰쳐나와 갓난아길 싸서 넣었다는
속이 텅 빈 느티나무

너러니 지나 녹박재 넘자
구름이 더디 흘러간다
할머니 친정집이 있던 곳
유학 다녀온 다정한 오빠들 때문에
빨갱이 집안으로 몰렸다는 마을

어린 아버지가 잠결에 마당 나섰을 때
외양간 어둠에 숨어 있던 외삼촌이
울음 깨물고 나와 조카 양 볼 품어주고
인민군이 한 줄로 걸어 올라 퇴각한

그 길 따랐다는 정맥 산줄기

바람이 잠잠해져도
빈 나뭇가지가 번쩍거린다

날개 밑에서

큰길 넘고 동네 뒷산 지나
아파트 옥상에서 이어지는 바위 능선
허공 짚고 주춤주춤 나아가다
골프연습장 그물에 걸려 허우적댄다
가슴팍에 외곽순환도로 터널이 뚫렸나
오를수록 가라앉는 산자락

울긋불긋 등산객에 섞여
불야성의 거리로 빨려들기 전
봉우리가 지워진다 산길이 흩어진다
높다란 어둠 속에
절간과 기도원과 모텔
나흘 전 실종된 여자애를 품은 산

두 날개를 벌리고
우글대는 불빛 쏘아본다

국망봉 능선 길

소란할수록
고요하다

먼 태풍에 밀려와
나무에 돌에 부딪치는
바람 소리

소총 메고 진지 찾아 헤매던 산줄기를
한북정맥으로 고쳐 이어보려고
뒤엉킨 수풀 따라 들어선
국망봉 능선 길

지친 걸음 멈추고
금강초롱에 눈 맞아 환해진 사람들
나무 밑 돌 옆에 움터
휘몰아치는 바람에
가만히 젖어든다

수풀 열리며 갈 길이 트인다

노적봉을 향하여

멀리서도 눈부시게 하얀 밥

임진왜란 때
북한산에 갇힌 굶주린 병사들 위해
포위망 뚫고 날라준 밥할머니의 주먹밥

봉우리에 볏짚 씌워 군량미로 속이고는
냇물에 석횟물 흘려 내려 왜군들 배탈 나게 하고
어느덧 석상이 되어버린 고양의 밥할머니

온갖 병 고쳐주는 약사여래의 자태로
마을 사람들 깊은 시름과 아픔, 달래주었을까

물러갔던 왜군들 훗날 다시 와 석상 부수고
전쟁 통에 뒹굴던 몸뚱이 누구도 돌보지 않는 사
이
밥할머니 얼굴조차 사라져 버렸다
광배 없이 뙤약볕에 달아오른 돌이 되었다

창릉천 가 한적한 밥할머니 공원에
비문 없는 커다란 비석처럼 서서
왼손은 받치고 오른손은 세운 밥할머니
병이라면 누구든 낫게 해주려고
밥이 곧 약이 아니겠냐며
미소 지으려는 자리엔 허공

허공 떠받치며
뒤에서만 하얗게 빛나는
쌀가마니 봉우리

백운대白雲臺

같이 온 독일 남자도 구름에 걸터앉는다
절벽에서 인증 사진 찍던 여대생도 앉는다
김밥, 샐러드 도시락 위로
까마귀가 펄럭, 날개를 뒤집자

바위처럼 모두 고요해지고
예전의 구름에서 누가 올라온다
땀 젖은 머리카락
두 볼이 발갛게 달아올라
웃음이 툭 터지는 얼굴

어, 어어
또르르 토마토가 구른다
흰 바위 따라 아득하게 굴러간다
구름 아래로 모두 사라진다

꽃을 기다리는 동안

내가 따라왔던 길이 지워지기 시작하는 산 초입
볕 잘 드는 당집 터에 수풀이 무성하고
산으로 가는 길목은 가시덩굴로 가려 있습니다

어깨 맞댄 북한산 연봉 숨 막히게 솟아오르고
박새 소리 산 위에서 들려오는데
내가 선 언덕 오므린 꽃뭉치 매단 목련 한 그루
끙끙 몸살을 앓고

언덕 아래
귀를 연 사람들 분주하게 오가는 길거리에
먼지 옷 뒤집어쓴 개나리만 미리 피어
바람 따라 난리굿입니다

한밤 자면 꽃이 온 산으로 번져 나갈지
불붙은 봉우리가 첨벙, 하늘로 뛰어들지
기웃대며 꽃을 기다리는 동안

어떻게 당연하게 꽃들은 오를까요

사람을 거쳐
산으로 산으로 가는 길을

산
문

바닷가에서 온 시

바다가 뻗어 버린 곳

썰물의 발가락 하나 옴짝 못하고
갯구멍으로 그저 느린 숨 내쉬는 개펄

갈대숲을 휘청이며 지나온 무엇이든
드디어 자빠지지 말고는 못 배기는 바닥

희망이나 낙담조차 허세
죽음에 가차운 참패

칠게 민챙이 보말고둥

댕가리 망똥성게 두도막눈썹참갯지렁이

　　　　　　　　―「와온」 전문, 『냉기가 향기롭다』

"저기 가볼까?" 순천만에 동행한 친구가 손가락으로 가리킨 곳에 도착했다. 마을 이름이 와온臥溫이라고 했다. 바닷물이 빠져 있었다. 드넓은 바다가 널브러져서 겨우 숨만 쉬고 있는 것처럼 보였다. 나도 그 상태와 다르지 않았다. 나뿐만 아니라 주위 사람들이 우울증에 빠져버린 것 같았다. 같은 해 2014년 4월 16일 진도 앞바다에서 배가 침몰했기 때문이다.

그날 와온에서 민박을 했다. 캄캄한 바닷가를 천천히 걷다가 들어와 잤다.

몇 달 뒤 강화도 갯벌에 갔다. 아무것도 없는 것처럼 보이지만 망원경으로 들여다보니, 흰 점 같은 사람들이 갯벌 한가운데에서 뭔가를 캐고 있었다. 절망과 패배의 비유에 지나지 않던 관념 속 갯벌이 늘 살아 있다는 것을 느꼈다. 거기에는 사진 속 이름만 아는 생명들이 온종일 저 나름대로 왕성히 움직이고 있을 테고…. 무심코 밟으면 꿈틀, 하고 말겠지 싶은 지렁이도, 언젠가 갯벌을 온통 뒤집을 날이 올까.

논 위에 논
햇빛 위에 햇빛
지붕 위에 마당이

와르르 무너지지 않게

논이 논을 꽉

바람이 바람 꽉

애 업은 큰누나가 꽉

바다가 하늘로 쏟아지지 않게

눈물이 눈물로 부서지지 않게

바람 위에 벼

벼 위에 파도

파도 위에 서슬 퍼런

꼬부랑 할머니가 꾸욱 꽉

—「다랭이마을」 전문, 『냉기가 향기롭다』

아름답고 평화로운 풍경일수록 슬프다. 그곳에서 분투하며 지내온 사람들이 떠오르기 때문이다. 남해 출신에게 다랭이마을이라고 하면 알고 가천마을이라고 하면 더 잘 안다. 다랭이는 다락의 경상도 사투리인데 다랑논이 우리나라 곳곳에 있다. 대부분 가난한 곳이다. 오죽하면 비탈에 다락 같은 층층이 논을 만들었을까. 내가 갔을 때 다랭이마을 논들이 마늘밭으로 바뀌었지만 그대로 눈부시고 경이로웠다. 찰랑이는 논물에 비친 파란 하늘, 그 하늘을 무너뜨리려고 덮치는 성난 바다를 상상했다. 마을을 나오는데 할머

니들이 길가에서 한가롭게 마늘종을 팔았다. 팔기보
다 서로들 얘기하고 웃기에만 바빴다. 덤이 더 많은
마늘종 봉지를 건네주는 할머니. 할머니가 되기 훨씬
전, 보채는 아기 업고 논 갈고 눈물 터뜨리던 소녀.
그 옆에 야단치려다 말고 슬그머니 몸 돌려 수평선을
응시하던 할머니. 그 할머니의 할머니의….
　파도를 잠재우려는 할머니가 통영에도 있다.

　　　중앙시장 어물전
　　　함지박에 파도가 인다

　　　아 차거
　　　흥정만 하는 손님에게
　　　팔딱이며 물을 끼얹는
　　　도미

　　　세차게 지느러미를 흔들자
　　　시장이 들썩인다
　　　항구가 기우뚱댄다

　　　허리 굽은 새까만 할매가
　　　빨간 바가지를 들어
　　　탁,

바다를 다스리는 한낮

—「통영 1」 전문, 『냉기가 향기롭다』

　가만히 있어도 흥이 나는 통영統營은 백석과 유치환과 윤이상과 박경리의 고장이다. 과거에 삼도수군통제영三道水軍統制營이 있어서 통영이고, 이순신 사당인 충렬사와 사당 안 천연기념물인 동백나무가 찬란한 항구이다. 다 아는 걸 자꾸 말할 필요 없지만 가도 가도 가고 싶은 아름다운 남쪽 바닷가이다.

　중앙시장에 횟감으로 팔릴 돔이 한 마리씩 플라스틱 용기에 들어 있었다. 여기저기서 파닥이는 소리가 요란했다. 물고기가 어찌나 요동치는지 물살을 세차게 튕겨대다 길바닥에 뛰쳐나가기도 했다. 도마가 엎어지고 손님들이 화들짝 뒷걸음쳤다. 성큼성큼 다가온 할머니가 대뜸 물고기를 물속으로 옮기고는 바가지로 탁, 꿀밤을 먹이자 물고기가 기절했다. 시장이 한순간에 잠잠해졌다. 수군통제사 아닌 꼬부랑 할머니가 짐짓 기강을 잡은 후에야 시장이 한낮의 활기를 되찾았다.

　어두워지는 고요한 바닷가도 있다. 그 고요 속에 들어가 보면 잊고 지내던 지난날의 추억이 있다.

　바다가 되려고 내리는 눈

무수히 달려들다가
무단이탈하여 홀연 옷깃 속으로 날아든
차가운 말

사라지는 건 없다고
망가지는
뜨거운 심장일지라도

―「진리 1」 전문

진리가 과연 있기나 한 거냐고 물을 때
진리에 가볼까?

진리교회
진리노래방
어디서 그 잘생긴 물고기들이 이주한 건지
궁금한 진리횟집

우리가 지쳐서
노래 부르는 동안
진리 노을이 지고
진리 별들이 탬버린 금술마냥 반짝이며
박자를 맞추고 있었잖아

박자를 놓쳤잖아

첨탑을 올려보다
서로의 빛에 물든 뜨내기 별들도
어느새 진리가 되곤 하는
사천진리 바닷가에서

―「진리 2」 전문

최근에 강릉시 사천면 사천진리에 갔는데 진리가
앞에 붙은 간판은 찾지 못했다. 아마 전국의 수많은
진津 자 붙은 바닷가에서 고유명사로만 통하던 진리
가 이제 사라진 것 같다. 그래도 오래전 며칠을 보냈
던 진리에서의 기억이 사라지지 않는다. 동네 가게
간판마다 진리가 붙어서 다소 철학적이거나 종교적
인 냄새조차 났다. 그럼에도 횟집이 많아서 놀랐는데
그 물고기들이 다 어디서 왔을까 궁금했다.

대낮에 낡은 노래방에 들어가 열심히 노래를 불렀
다. 누워서 노래를 듣던 일행 한 사람이 "노래가 점점
나아지는데?" 하고 격려해 주었다. 밖에 나와 보니
저녁이었다. 그때 좀처럼 빛이 뵈지 않았지만 그래도
서로를 비춰주느라 애쓰던 시절이었다. 가느다란 서
로의 빛을 받아 서로서로 환했다. 바다에 내리는 눈
발같이 허망한 것일지라도 그때의 어딘가로부터 긴

시간을 돌아 그 빛살이 오고 있다.

　'바다에서 온 시'도 마칠 때가 됐다. 몇 편의 시로
온 바다를 둘러볼 수 없지만, 바다가 이어져 있으니
어느 방향으로 흘러도 결국은 같은 바다, 다 아득한
바닷가의 시. 시가 끝나도 너와 내가 잠긴 더 깊은 침
묵에 파도 소리 밀려들고 있을까.

　　만리포

　　불꽃놀이 끝나
　　잠들지 않을 것 같은 것들도
　　잠들고

　　머리맡까지 쓸려 왔다가
　　쓸려 가는 파도소리에
　　뒤척일 때

　　먼 배의 안개 경보
　　혼을 주욱 빨아들였다가
　　놓치는

　　브흐으응

—「브흐으」 전문

접경지역에 피어나는 꽃

북에서 흐르는 남대천 따라가는 길. 앞산 군사관
측소 너머 오성산이 아른거린다. 막힌 길을 돌자 대
전차 장애물 사이로 좁아지는 도로. 양편으로 눈부
시게 노란 꽃 핀 애기똥풀이 모여있다. 저절로 꽃들
에 다가서다 철조망에 지뢰표지에 부딪친다.

천천히 생창리로 들어선다. 아이들 소란스러운
공터. 생창상회 아주머니, 한가하게 아이들 바라보
다 마주치는 눈길에 봄볕 묻어난다. 아랫동네 내려
왔다 길이 막혀 헤어진 가족을 오십 년 동안 그리워
하던 친정아버지 애길 하다, 성탄절 관측소 방문 때
하나도 안 변한 고향 마을을 글썽이며 바라보던 애
기에선 봄볕도 그만 그늘에 진다.

그늘 안에서 무언가 고개 내민다. 가는 다리 휘청
이다 낯선 눈길에 부들부들 몸 떠는 새끼 멧돼지.
산 밑에 버려진 걸 아주머니가 감싸서 데려왔다는
새끼 멧돼지. 눈길 익숙해지자 조심스레 손바닥을

핥는다. 바둥거리며 우유통을 빤다. 어느새 아이들
도 웃고 떠들며 멧돼지를 둘러선다. 노랗게 군락을
이루고 있다.

한북정맥 산길을 타다가 백두대간처럼 그 정맥도
군사분계선에 끊겨 있다는 걸 확인했다. 산길을 내려
와 접경지역에 있는 마을을 찾아다녔다. 그냥 들어
갈 수 있는 마을도 있었지만 그렇지 않은 데도 있었
다. 막힌 길을 돌다가 군인들이 지키는 길목에서 주
민등록증을 맡기고 민통선 북쪽 마을(민북마을)로 들어
섰다. 생창리生昌里라고 했다. 좁은 길을 따라가니 길
가에 샛노란 꽃들이 만발했다. 차에서 내려 둘러보니
숲에 애기똥풀 군락이 환하게 펼쳐졌다. 자세히 보려
고 다가가다 철조망에 지뢰표지에 닿았다. 새삼 거기
가 북한에서 아주 가까운 곳이고 수많은 전투에서 수
많은 군인들이 희생당했으며 고향을 잃은 사람들이
어렵게 정착한 곳이라고 실감했다.

마음에 들어서니 구멍가게와 공터가 있고 거기에
아이들이 모여 있었다. 아이들 때문에 마을이 더 생
기 있고 따뜻하게 느껴졌다. 가게 앞에 몇몇 아이들
이 웅성대는데, 그 틈을 들여다보니 새끼 멧돼지 한
마리가 바닥에 서서 가늘게 떨고 있었다. 생창상회

162

아주머니가 숲 가에 버려진 새끼를 싸안고 왔다고 했다. 우유를 먹여서 키우고 있는데 다 자라면 어떻게 해야 하나 걱정이라고 했다. 작은 멧돼지는 사슴 새끼처럼 귀여운 모습으로 아이들의 관심을 독차지하고 있었다. 한 아이가 우유통을 갖다 대자 멧돼지가 조금씩 빨아 먹었다. 아주머니도 흐뭇하게 곁에서 지켜보고 있었다. 바로 북쪽에 있는 고향을 평생 그리워하던 아버지가 얼마 전 돌아가셨다고 말하던 아주머니도 새끼 멧돼지와 비슷한 신세처럼 느껴졌다. 애처로운 멧돼지를 돌보는 아이들이 다 자라나면, 바리케이드와 철책이 사라지고 총을 겨누던 사람들도 서로의 마을로 통하는 같은 길을 자유롭게 오고 가는 세상이 올 것인가?

○

추운 겨울이 어서 오기를 기다린 것은 오로지 두루미 때문이었다. 올겨울에는 두루미를 제대로 꼭 보기로 다짐했다.

두루미는 봄, 여름, 가을을 시베리아와 만주 등에서 보내고, 겨울을 나기 위해 우리나라 철원과 연천 지역으로 날아온다. 임진강이 군사분계선을 넘는 연천의 횡산리는 제법 많은 두루미들이 서식하는 마을이다. 횡산리에 처음 갔을 때 겨울 날씨치고 따뜻했지만 동네에서 주민들을 찾아보기 어려웠다. 추수를 끝낸 마을의 논밭도 텅 비어 을씨년스러웠다.

넓은 갈대밭을 지나 강 건너에 언뜻 흰 빛이 반짝거렸다. 두루미였다. 일부일처를 이루는 두루미 몇 쌍이 강가에 모여 있었다. 커다란 새이고 흰색을 띠는 만큼 멀리 있어도 선명하게 비쳤다. 두루미도 사람들의 기척을 의식하는 것 같았다. 얼마 지나지 않아 두루미 떼가 날아오르기 시작했다. 흰 몸뚱이와 날개 일부 검은색의 조화가 세련되어 보였다. 목과 다리를 일 자로 죽 펴고 날아가는 날갯짓도 매우 우아하였다.

며칠간 임진강을 따라 여러 종류의 새들을 구경하고 비룡전망대에 올랐다가 돌아왔다. 돌아와서도 한동안 눈부시게 흐르던 임진강 강물이며, 황홀하게 날아가던 두루미들, 비무장지대를 넘나들던 커다란 독수리들이 눈앞에 아른아른하였다.

두 번째로 횡산리에 갔을 때는 마을에 눈이 덮여 있었다. 갈대밭 주위에 새가 한 마리도 없었다. 마을로 더 들어가다 고개를 넘어 다시 강줄기가 나타나는 철책선 근처까지 갔다. 흰 밭 위에 흰 새들이 한가득 모여 있었다. 회색빛을 띤 재두루미도 섞여 있었다. 투르르르 투르르르 하는 울음소리가 소란스러울

정도로 들려왔다. 한참을 조용히 관찰하다가 몇 걸음 더 나아가자 두루미들이 일제히 공중으로 날아올랐다. 내 가슴도 뛰었다. 하늘이 온통 두루미 날개로 뒤덮이는 것 같았다.

돌아오는 길에 강가에 차를 세우고 먼 하늘에 떠가는 두루미들을 바라보았다. 날개를 활짝 편 두루미들이 하늘의 주인인 양 커다랗게 빙 빙 돌다가 몇 개의 꽃잎이 되어 하늘에 스며들었다. 그 하늘에서 두루미는 어떤 경계든 마음대로 넘나들면서 자신들만의 아름다운 비행을 계속할 것이다. 땅바닥에 붙박여 금을 그은 채 그 안에서만 걷고 눕고 꿈꾸는 우리가, 철책을 넘고 강줄기를 거슬러 먼 산 위를 훨훨훨 날아가는 두루미를 따르기에는 또 얼마나 어리석고 탐욕스러우며 무력할 뿐인가.

눈 쌓인 강가, 흰 새가 쌓여 있다

고개 세우고 뒷짐 지고 살짝 헛기침하다
옆눈으로 무심히 지켜보는 두루미들
두르르 두르르르
야단스럽지 않게 자못 당당하게
걷다가 쪼다가 멈춰 서서
보이지 않는 것 바라보는 자태

퍼더더 휘저어

다락에 오르듯 공중에 드는 날개

두르르 두르르르르

큰 동그라미 겹쳐 그리면서 상승

활강하다 펄럭, 퍼러럭

철책 너머로 흰 점이 되어 사라진다

강물이 더욱 반짝거린다

—「두루미 나라에 갈까?」 전문